Pepita and the Bully
Pepita y la peleonera

By / Por Ofelia Dumas Lachtman
Illustrations by / Ilustraciones de Alex Pardo DeLange
Spanish translation by / Traducción al español de Gabriela Baeza Ventura

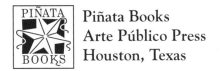

Piñata Books
Arte Público Press
Houston, Texas

Publication of *Pepita and the Bully* is funded by grants from the City of Houston through the Houston Arts Alliance. We are grateful for their support.

Esta edición de *Pepita y la peleonera* ha sido subvencionada por la Ciudad de Houston por medio del Houston Arts Alliance. Les agradecemos su apoyo.

Piñata Books are full of surprises!
¡Piñata Books están llenos de sorpresas!

Piñata Books
An Imprint of Arte Público Press
University of Houston
452 Cullen Performance Hall
Houston, Texas 77204-2004

Lachtman, Ofelia Dumas
  Pepita and the Bully / by Ofelia Dumas Lachtman ; illustrations by Alex Pardo DeLange ; Spanish translation [by] Gabriela Baeza Ventura = Pepita y la peleonera / por Ofelia Dumas Lachtman ; illustraciones de Alex Pardo DeLange ; traducción al español de Gabriela Baeza Ventura.
     p.   cm.
  Summary: After a mean-spirited girl bullies her for three days in a row, Pepita no longer wants to go to her new school.
  ISBN 978-1-55885-689-9 (alk. paper)
  [1. Bullies—Fiction. 2. Schools—Fiction. 3. Hispanic Americans—Fiction. 4. Spanish language materials—Bilingual.] I. DeLange, Alex Pardo, ill. II. Title. III. Title: Pepita y la peleonera.
PZ73.L225 2011
[E]—dc22
                                                                2010033953
                                                                CIP

Printed in China in October 2010–December 2010 by Creative Printing USA Inc.
12 11 10 9 8 7 6 5 4 3 2 1

To my friend, Ron Crane, who knows about bullies.
—*ODL*

To all the people that get bullied and all the bullies
that repent. May the world become a kinder place.
—*APDL*

Para mi amigo Ron Crane quien
sabe mucho de peleoneros.
—*ODL*

Para todas las personas que son abusadas
y para los peleoneros que se arrepienten.
Ojalá que el mundo sea un lugar más agradable.
—*APDL*

Pepita waved goodbye to the bus driver. She raced down Pepper Street, her black braids bouncing behind her. She was in a hurry to get home and talk to Mamá. She wanted to tell her that three days in her new school were enough. She did not want to go there again.

Pepita's face wrinkled up into a big frown. She was sorry because she really liked Miss Chu, her teacher. Miss Chu had black eyes and a soft, sunny smile. Pepita also liked her classroom with bright bulletin boards and cut-out, red letters that said, "Welcome to a New School Year." She especially liked the playground with its tall shady tree and benches. But she did not like Babette. She had brown hair, blue eyes and skin that looked like peach ice cream, but she was not nice.

Pepita se despidió del conductor del autobús. Corrió por la Calle Pepper, sus trenzas negras saltaban detrás de ella. Tenía prisa por llegar a casa para hablar con Mamá. Quería contarle que tres días en la escuela nueva eran más que suficientes. No quería volver.

La cara de Pepita se arrugó y frunció el ceño. Tenía pena porque Señorita Chu, su maestra, le agradaba. Señorita Chu tenía ojos negros y una sonrisa suave y alegre. A Pepita también le gustaba su salón de clases con los tableros de colores brillantes con recortes de letras rojas que decían: "Bienvenidos al Nuevo Año Escolar". Especialmente le gustaba el patio de recreo con el gran árbol frondoso y la banca en la esquina. Pero no le gustaba Babette. Babette tenía el cabello café, los ojos azules y la piel que parecía como helado de durazno, pero no era amable.

Pepita's frown grew bigger when she remembered her first day of school. She had gone up to Babette and said, "Hello, my name's Pepita. What's yours?"

"Pepita, yuck," Babette said. "That's not a name. That's nothing but a noise."

Pepita felt her face grow hot. She was angry. "It is so a name," she said, "and it's mine!"

Babette just turned and walked away.

Pepita frunció más el ceño cuando recordó su primer día de clases. Se había acercado a Babette y le dijo —Hola, me llamo Pepita. ¿Y tú?

—Pepita, ¡puaj! —dijo Babette—. Ése no es un nombre. Eso es sólo un ruido.

Pepita sintió la cara caliente. Estaba enojada. —Ése es mi nombre —dijo— ¡y es mío!

Pero Babette sólo se dio la vuelta y se fue.

On the second day, Miss Chu asked her students to talk about their favorite things. Pepita told them her dog Lobo could understand Spanish.

At recess, Babette said, "I'll bet your dog has fleas."

Pepita felt her face grow hot. She was angry. "He does not!" she cried.

Babette just turned and walked away.

En el segundo día, Señorita Chu les pidió a los estudiantes que hablaran sobre sus objetos favoritos. Pepita les contó que su perro Lobo entendía español.

Durante el recreo Babette dijo —Seguro que tu perro tiene pulgas.

Pepita sintió la cara caliente. Estaba enojada. —¡No es cierto! —gritó.

Babette sólo se dio la vuelta y se fue.

And today was even worse. Babette yanked her braids and said, "Your braids look like two raggedy ropes. You should cut them off."

Pepita felt her face grow hot. She was really angry. "They are *not* ropes," she cried. "They're braids! And if you pull them again, I'll tell Miss Chu!"

Babette yelled, "Tattletale, tattletale," and turned and walked away.

Pepita was glad when the school day was over. *Yes*, she thought as she raced home, *three days are enough. I don't want to go to that school again.*

Y hoy fue peor. Babette le jaló las trenzas y dijo —Tus trenzas parecen dos cuerdas haraposas. Deberías cortarlas.

Pepita sintió la cara caliente. Estaba enojada. —¡No *son* cuerdas! —gritó—. ¡Son trenzas! Y si las jalas otra vez, ¡se lo voy a decir a Señorita Chu!

Babette gritó —Chismosa, chismosa —y se dio la vuelta y se fue.

Pepita estaba contenta cuando terminó el día de clases. *Sí*, pensaba mientras corría a casa, *tres días son suficientes. No quiero regresar a esa escuela.*

In the middle of the block, Pepita saw Mrs. Green digging in her garden.

"Hello, Mrs. Green," she said, "Can I ask you something? Do you think my name is funny?"

"Why no, Pepita," Mrs. Green answered. "Your name has a very lovely sound. It reminds me of bright little flowers."

Pepita nodded and smiled. "That's nice," she said. "Thank you, Mrs. Green."

A la mitad de la cuadra, vio que Señora Green estaba cavando en su jardín.

—Hola, Señora Green —dijo— ¿le puedo preguntar algo? ¿Usted cree que mi nombre es raro?

—No, Pepita —contestó Señora Green—. Tu nombre tiene un sonido muy lindo. Me recuerda a florcitas brillantes.

Pepita asintió y sonrió. —Qué lindo —dijo—. Gracias, Señora Green.

A few houses down the block, Pepita saw José, the mailman, stepping out of his truck.

"Hello, Señor José," she called. "Can I ask you something? Do you think Lobo understands Spanish?"

"Why, yes, Pepita, I do," the mailman answered. "I told him to sit. And when he did, I said, '*Buen perrito*. Good little dog,' and he wagged and wagged his tail. Of course he understands Spanish."

Pepita nodded and smiled. "I thought so, too," she said. "Thank you, Señor José."

Unas casas después, Pepita vio a José, el cartero, que salía de su camión.

—Hola, Señor José —dijo— ¿le puedo preguntar algo? ¿Usted cree que mi perro Lobo entiende español?

—Sí, claro, Pepita. Sí entiende —contestó el cartero—. Le dije que se sentara y cuando lo hizo, le dije "Buen perrito" y movió y movió la cola. Por supuesto que entiende español.

Pepita asintió y sonrió. —Lo sabía —dijo—. Gracias, Señor José.

When Pepita was near her own house, she saw Mrs. Becker standing by her easel, painting a pot of red geraniums.

"Hello, Mrs. Becker," she said. "Can I ask you something? Do you think my braids look like raggedy ropes?"

"Why, no, Pepita," Mrs. Becker answered. "Your braids are very lovely. They remind me of black satin ribbons shining in the sun."

Pepita nodded and smiled. "That's nice," she said. "Thank you, Mrs. Becker."

Cuando Pepita estaba cerca de su casa, vio a Señora Becker parada cerca de su caballete, pintando una maceta de geranios rojos.

—Hola, Señora Becker —dijo—. ¿Le puedo preguntar algo? ¿Usted cree que mis trenzas parecen dos cuerdas haraposas?

—No, Pepita —respondió Señora Becker—. Tus trenzas son muy lindas. Me recuerdan a unos listones negros de satín brillando al sol.

Pepita asintió y sonrió. —Qué lindo —dijo—. Gracias, Señora Becker.

When Pepita got home, she found her mother in the kitchen. "Mamá," she said, "I can't go back to that school again."

"Why?" Mamá asked. "I thought you liked your new school."

"So did I," Pepita said, "until I talked to Babette."

"And who is Babette?" Mamá asked.

"Babette is a bully," Pepita said. "She's mean to me, Mamá. I'm not going back to school."

"No, no," Mamá said, "that cannot be. School is important. But let's see what Papá has to say."

Cuando Pepita llegó a casa, encontró a Mamá en la cocina. —Mamá —dijo— ya no quiero regresar a esa escuela.

—¿Por qué? —dijo Mamá—. Pensé que te gustaba la escuela nueva.

—Yo también —dijo Pepita— hasta que hablé con Babette.

—Y, ¿quién es Babette? —preguntó Mamá.

—Babette es una peleonera —dijo Pepita—. Es mala conmigo, Mamá. No voy a regresar a la escuela.

—No, no —dijo Mamá— eso no puede ser. La escuela es importante. Veamos qué dice Papá.

At supper that night, Pepita told her family what Babette had said to her. "She says my name is nothing but noise, that Lobo has fleas and that my braids are raggedy ropes. And she yanked them! That's why I'm not going back to school!"

"I see," Papá said, "but you have to go to school. So tomorrow if Babette yanks your braids again, you must tell your teacher. But if Babette says mean things to you, either you can answer her politely or you can walk away. But whatever you do, you must be kind."

"Kind?" Pepita asked. "Is that like *nice*?"

Papá nodded. "Yes, *nice* will do."

Pepita's brother Juan said, "Just don't fight with her. Bullies like fights."

Durante la cena, Pepita le contó a su familia lo que Babette le dijo. —Dice que mi nombre es puro ruido, que Lobo tiene pulgas y que mis trenzas son dos cuerdas haraposas. ¡Y me jaló las trenzas! ¡Por eso no voy a volver a la escuela!

—Ya veo —dijo Papá—, pero tienes que ir a la escuela. Así es que mañana si Babette te vuelve a jalar las trenzas, debes decírselo a tu maestra. Pero si Babette te dice algo malo, puedes responderle de manera cortés o alejarte. Pero hagas lo que hagas, debes ser cordial.

—¿Cordial? —preguntó Pepita—. ¿Eso es como "amable"?

Papá asintió. —Sí, "amable" funciona.

Juan, el hermano de Pepita, dijo —No pelees con ella. A los peleoneros les gustan las peleas.

In bed Pepita tossed and turned and tumbled until her blankets were in a tangle. She dragged her doll Dora out from under the blankets and placed her against the pillow. "Dora," she said, "tomorrow Babette will say mean things to me."

Dora's face looked sad.

Pepita sat up straight and punched the pillow. "What if she tries to hit me?!"

Dora disappeared under the blankets.

Pepita pulled her out again. "Don't worry, Dora," she said, "I'll think of something." Dora huddled close. They snuggled together and fell asleep.

Por la noche, Pepita dio vueltas y vueltas en la cama hasta que las cobijas quedaron enredadas. Sacó a su muñeca Dora de debajo de las cobijas y la recargó contra la almohada. —Dora —dijo— mañana Babette me dirá cosas malas.

La cara de Dora se entristeció.

Pepita se sentó en la cama y le dio un puñetazo a la almohada. —¿Y si trata de golpearme?

Dora desapareció debajo de las cobijas.

Pepita la volvió a sacar. —No te preocupes, Dora —dijo— ya se me ocurrirá algo. —Dora se acurrucó junto a ella. Se acomodaron y se quedaron dormidas.

In the morning, Pepita got out of bed slowly. She dressed slowly. She ate breakfast slowly. She twisted and turned and muttered and mumbled while Mamá brushed and braided her hair. But no matter what Pepita did, nothing slowed down the clock. It was time to go to school.

"Mamá," Pepita complained, "three days are enough."

But Mamá said, "School is important, and if you don't hurry, you'll be late."

Por la mañana, Pepita se levantó despacio. Se vistió despacio. Desayunó despacio. Se retorció, volteó, masculló y refunfuñó mientras Mamá la peinaba y le trenzaba el pelo. Pero no importaba lo que Pepita hiciera, nada detenía el reloj. Era hora de ir a la escuela.

—Mamá —Pepita se quejó— tres días son suficientes.

Pero Mamá dijo —La escuela es importante y si no te apuras, llegarás tarde.

So Pepita went to school. Her classroom was sunny and bright. Her teacher smiled at her. But across the room Babette wrinkled up her nose and made an ugly face. At recess Mindy asked Pepita to play hopscotch. Pepita was about to say yes, but she saw Babette standing nearby. She gave Mindy a friendly wave, went to the farthest corner of the playground and sat under the shady tree. Babette was right behind her.

"That's my bench," Babette said. "I don't like you sitting there."

Pepita stood up. "What *do* you like?" she asked, and started to walk away.

"I don't like you for sure," Babette said.

Así es que Pepita fue a la escuela. Su salón estaba soleado y brillante. Su maestra le sonrió. Pero al otro lado del salón, Babette frunció el ceño e hizo una mueca. Durante el recreo, Mindy invitó a Pepita a jugar a la rayuela. Pepita estaba a punto de aceptar, pero vio que Babette estaba parada cerca de ellas. Se despidió de Mindy y fue a la esquina del patio y se sentó bajo el árbol frondoso. Babette la siguió.

—Ésa es mi banca —dijo Babette—. No me gusta que te sientes en ella.

Pepita se levantó. —¿Qué te gusta? —le preguntó, y empezó a alejarse.

—No me gustas tú para nada —dijo Babette.

Pepita felt her face grow hot. She was angry. She stopped and turned. "Maybe you don't like anything at all," she called. "Maybe you don't even like your name. *Maybe you don't even like yourself.* And I'll bet you don't even have a dog!"

"You aren't nice," Babette said, and a tear rolled down her cheek. "You aren't nice at all."

Pepita's mouth dropped wide open. Her brother had told her not to fight. Papá had told her to be kind. And look what she had done! Babette was crying!

"Most times I'm nice," Pepita said, "and I'm polite, too. But you say mean things. Maybe if you stop being mean, somebody would ask you to play, too."

Pepita sintió la cara caliente. Estaba enojada. Se detuvo y volteó. —Tal vez no te gusta nada —dijo—. Tal vez ni te gusta tu nombre. *Tal vez ni te gustas tú misma.* ¡Te apuesto que ni tienes un perro!

—No eres amable —dijo Babette, y una lágrima se deslizó por su mejilla—. No eres nada amable.

Pepita abrió la boca. Su hermano le había dicho que no peleara. Papá le había dicho que fuera amable. ¡Y mira lo que había hecho! ¡Babette estaba llorando!

—Soy amable la mayoría del tiempo —dijo Pepita— y también soy cortés. Pero tú dices cosas groseras. Tal vez si dejaras de ser mala, alguien te invitaría a jugar también.

"I wouldn't play if you were playing because I don't like your braids," Babette said.

"See? You're being mean."

"I wouldn't play if you were playing because you have a funny name," Babette said.

"You're just being mean again. Anyway, Pepita's who I am."

"But I might play," Babette said, "if . . . "

"Stop making excuses!" Pepita said. "Do you want to play or don't you?"

Babette bit her lip, sniffed and gave a hesitant little nod.

"Okay," Pepita said, "but you'd better blow your nose."

She handed Babette a tissue from her pocket. Then she swung around and raced toward the center of the yard. "Wait, Mindy! Wait for us! Babette and I want to play!"

—No jugaría si tú estuvieras jugando porque no me gustan tus trenzas —dijo Babette.

—¿Ves? —dijo Pepita—. Eres grosera.

—No jugaría si tú estuvieras jugando porque tienes un nombre raro —dijo Babette.

—¿Ves? —dijo Pepita—. Te estás portando mal conmigo otra vez. De todos modos, Pepita es quien soy.

—Pero jugaría —dijo Babette —si . . .

—¡Deja de hacer excusas! —dijo Pepita—. ¿Quieres jugar o no?

Babette se mordió el labio, se sorbió la nariz y asintió de manera indecisa.

—Está bien —dijo Pepita— pero debes sonarte la nariz.

Le dio a Babette el pañuelo que traía en su bolsillo. Después se dio vuelta y corrió al centro del patio. —¡Espera, Mindy! ¡Espéranos! ¡Babette y yo queremos jugar!